wmf martinsfontes
SÃO PAULO 2013

Baseado nas histórias orais de Tejubehan *Texto tâmil original:* Saalai Selvam *Texto inglês:* V. Geetha & Gita Wolf *Tradução:* Monica Stahel

Eu me chamo Teju. Aqui estou, quando menina, na nossa aldeia. Sinto-me à vontade dentro ou fora de casa, e meu lugar preferido é perto do rio que corre atrás de nossa choupana.

Às vezes nosso povoado é verde. Mas com frequência, quando o verão é muito quente, ele é marrom tostado. Os campos se esvaziam e o rio seca, tornando-se um leito gretado. Nossa casa é minúscula. Temos todos que trabalhar para todos podermos comer. E não somos só nós. À nossa volta todos vivem como nós.

O trabalho nos leva à floresta próxima. Nunca vou sozinha. Meu pai, minha mãe, nossos vizinhos e seus filhos pequenos – vamos todos juntos. Dá medo ficar sozinha no meio das árvores. A gente ouve murmúrios, sussurros, sopros... Seguro com força a mão do meu pai.

Ele bate o cajado no chão ou num tronco de árvore. Ele me diz que é seu jeito de avisar à floresta que está chegando visita.

Trabalhar é buscar água, catar lenha e frutas que sejam de comer. Minha mãe também cata outras coisas – sementes, bagas, folhas. Ela diz que na floresta é preciso prestar muita atenção. O chiado dos esquilos nos avisa da presença de cobras. O vento traz cheiro de chuva ou de animal morto.

Voltamos para casa para cozinhar, lavar, limpar. Às vezes meu pai e minha mãe saem de novo, para trabalhar nos campos dos ricos.

Meu pai também canta para sobreviver. Ele sai de manhã cedinho e vai de casa em casa, cantando canções sobre deus, amor, sofrimento e felicidade. Em troca, as pessoas lhe dão dinheiro ou cereais.

Minha mãe não vai com ele. Ela gosta muito de cantar, mas na nossa aldeia as mulheres não cantam em público. Mesmo assim minha mãe canta. Sua voz é musical e suave, quando ela faz preces à deusa da aldeia.

Nossa deusa tem armas e monta um tigre, e minha mãe diz que ela é ao mesmo tempo bondosa e severa. Todas as mulheres da aldeia fazem preces a ela. Imploram diversas coisas: chuva, a cura de seus filhos doentes, uma boa colheita. Às vezes também faço preces, com minha mãe. Ela diz que é a deusa que cuida dos pobres, mas isso eu não sei. Porque continuamos sendo pobres.

Dizem que os pobres não têm para onde ir. Não tenho certeza. Quando as pessoas não têm o suficiente para comer, elas tomam o trem e vão para a cidade procurar trabalho. Uma estrada de ferro passa ao longo da orla da floresta. Para chegar à estação, é preciso percorrer umas cinco milhas de trilhas.

O trem anda mais depressa do que todos os animais ou pássaros que conheço. Gosto de ficar na orla da floresta olhando os trens que passam a toda. Vejo as pessoas olhando pela janela.

Não são como as pessoas da aldeia, são como os rostos que a gente vê nos calendários ou em fotografias. Como são felizes, eu penso, não precisam trabalhar. Podem ficar sentadas vendo o mundo passar.

Gosto de imaginar que um dia vou subir num daqueles trens. Tenho vontade de viajar. Nesses momentos, caminho até a estação. Espero o trem parar, embarco e sussurro: leve-me para a cidade.

Então acontece de fato. Numa noite agitada, lá estamos na estação, esperando o trem. A estação é um lugar lotado, e esta noite não há espaço para a gente se mexer. Somos um grupo grande de pessoas, todas indo para a cidade. Estranho: estou ansiosa para tomar o trem, mas não é como eu imaginava. Um verão abrasador chegou ao fim e, depois de dois meses, não há sinal de chuva. Nuvens de poeira se depositam nos nossos cabelos e roupas.

Estamos com fome e sede. Minha mãe emagreceu, pois dá para nós o que tem e ela mesma não come. Agora já tenho quase 13 anos, portanto sou capaz de entender que as coisas vão muito mal. Temos que viajar para arranjar trabalho, para podermos comer.

Assim, estou preparada para ir embora, mas não assim. Não com um grupo pálido de pessoas com trouxas enormes e olhar preocupado.

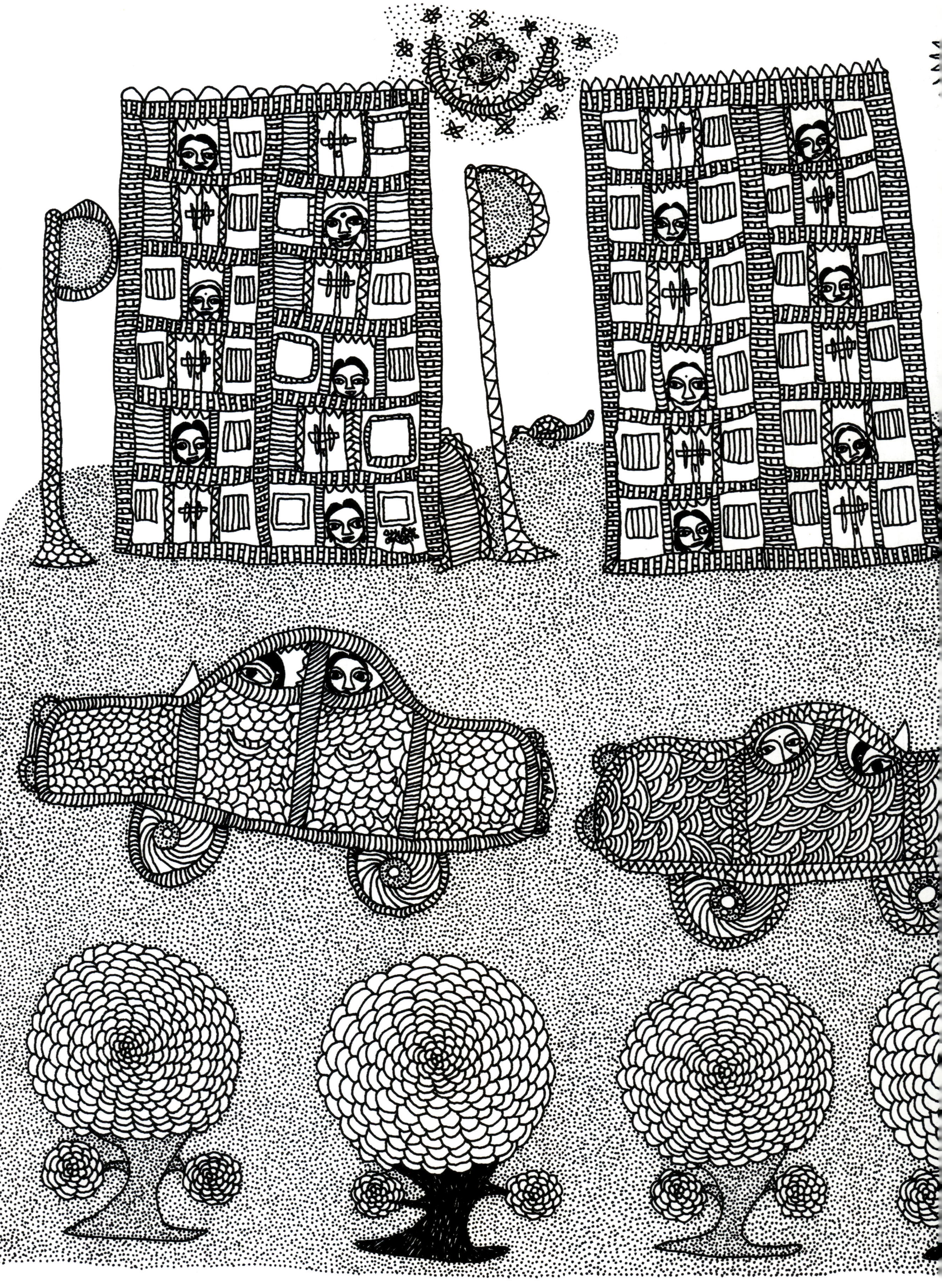

Chegamos à cidade! Aqui tudo corre, não só o trem. As pessoas passam apressadas, abrindo caminho pelas ruas. Só os edifícios altos parecem enraizados no lugar, com algumas árvores montando guarda do outro lado.

Mas não me importo com a correria. O sol está se pondo, e fico maravilhada diante dos postes de iluminação que fazem a noite virar dia. As noites na nossa aldeia são escuras de verdade.

Mas os edifícios altos não são para nós. Avançamos até a periferia da cidade, e começamos a construir moradias. Não são de barro nem de tijolo, mas de pano, plástico e sacolas de borracha, tudo o que conseguimos encontrar. Vamos morar em tendas. Não estamos sozinhos, assim começamos a construir uma vida de pequena comunidade.

E é aqui, na nossa cidade de tendas de trapos, que eu me torno adulta.

Três anos se passam.

Agora sou uma jovem mulher, e meus pais decidem que está na hora de eu me casar. Tenho sorte, eles me arranjam um noivo de olhar bondoso. Seu nome é Ganeshbhai, e ele canta para sobreviver, como meu pai fazia na aldeia.

Ganeshbhai quer que eu cante com ele. Fico hesitante, na minha aldeia as mulheres não cantam em público. Mas ele me convence, e eu me lembro da música do meu pai. Logo nós dois juntos temos um repertório de canções – sobre esperança e fé, a passagem das estações, de amor e rendição.

Estamos confiantes, resolvemos nos mudar e cantar para sobreviver. Indo para Mumbai, diz Ganeshbhai, talvez possamos cantar num filme, quem sabe? Estou entusiasmada, mas cautelosa.

Em Mumbai vejo o mar pela primeira vez. Quanta água! Para evitar que eu fique o tempo todo olhando para as ondas, viro de costas para elas quando sentamos na areia cantando e tocando instrumentos feitos por nós.

Nossas mãos também se ocupam com outras coisas – juntando as moedas que as pessoas jogam para nós. Precisamos de dinheiro para alimentar nossa família, que está crescendo.

Depois de um ano, a vida se torna muito dura, e resolvemos voltar para casa. Quando começamos a duvidar de que as coisas possam melhorar, somos atingidos por um golpe de sorte. Ganeshbhai encontra um artista que arranja para ele um trabalho de cantor num restaurante. Sinto-me com coragem para acompanhá-lo.

Um dia, o artista sugere que Ganeshbhai tente desenhar. Dá a ele papel e caneta, e Ganeshbhai começa a se deleitar. Os desenhos simplesmente brotam de suas mãos. Será que esses desenhos nos trarão dinheiro?, eu me pergunto. Será que não somos melhores como cantores?

Então Ganeshbhai diz: por que você não tenta?

Parece magia. Sento num lugar com papel e caneta, e é minha mão que começa a se mover. Linhas, pontos, mais linhas, e mais pontos, e ali está um desenho. Posso dar vida a coisas que vi e conheci, mas também a coisas que imagino. Posso até fazer as duas coisas ao mesmo tempo.

Batalhei a vida toda, procurando meios de sobrevivência, mas esse é um caminho novo. Meu coração se enche.

Vejo uma menina indo de bicicleta para algum lugar, e desenho um grupo de meninas, todas indo para um lugar.

Gosto de carros. Pergunto-me como será se deslocar a uma velocidade tão grande e controlar para onde se deseja ir. Nos meus carros há sempre duas mulheres. Uma dirige e a outra olha pela janela.

Quero ser essas duas mulheres.

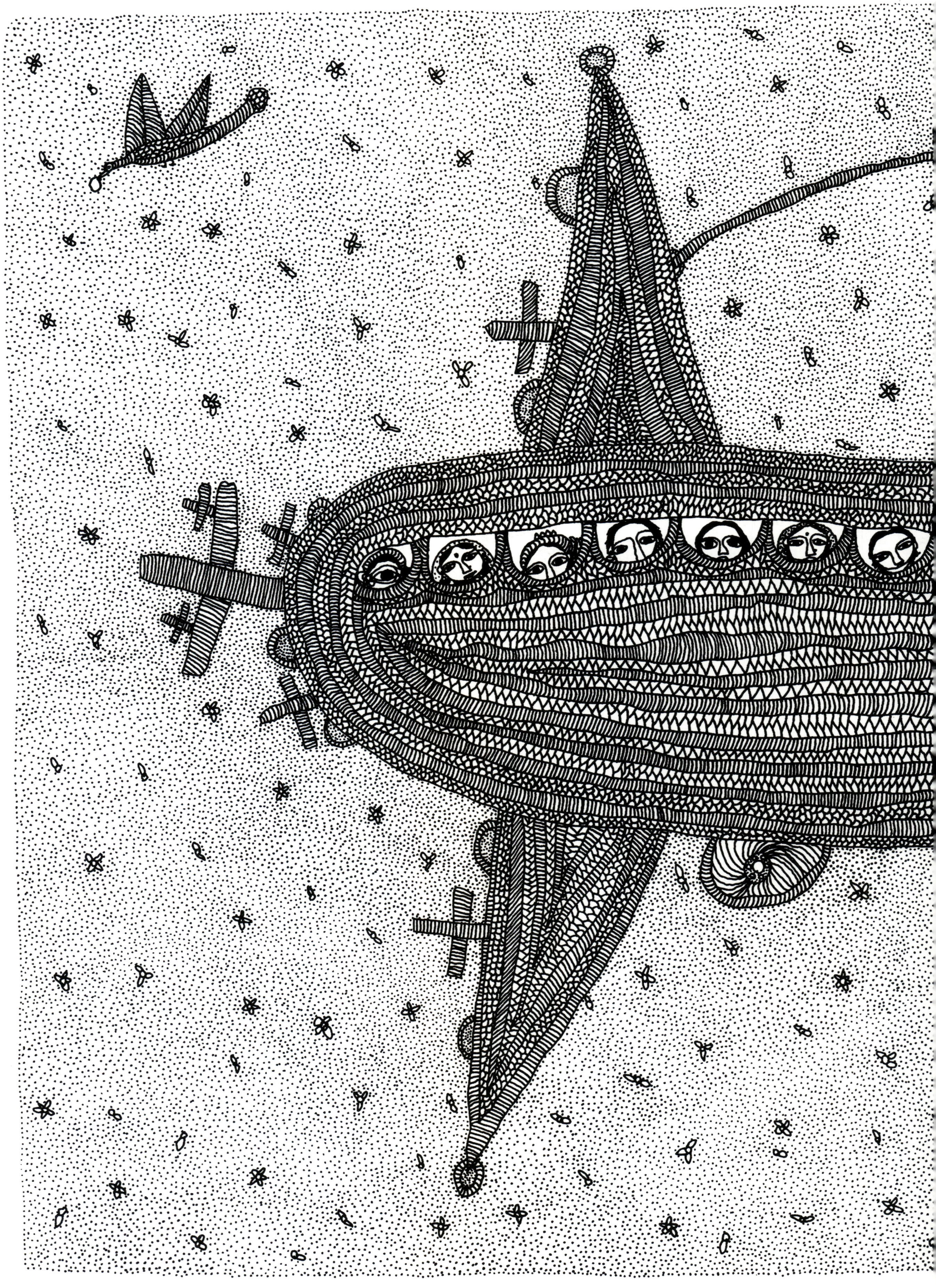

Observo grandes pássaros graciosos que se deslocam silenciosos pelo céu. Quando eu era criança, grandes bandos de pássaros vinham pousar silenciosamente nos galhos das árvores da nossa floresta e lá passavam o inverno.

Agora desenho um grande pássaro de ferro, que levanta voo da cidade onde moro. Ou talvez esteja voando para a nossa cidade, levando mulheres que se encaminham para ela.

Lanço alguns passarinhos também, para o caso de precisarem saber para onde vão.

Mas, mesmo no avião, minhas mulheres não se limitam a ficar sentadas, quietas. Então faço-as descer flutuando, perguntando-me para onde irão agora. Ficarão voando para sempre, como pássaros? Ou devo desenhar alguns traços levando-as até o mar?

Pouso minha caneta por um momento. Tenho tempo para resolver.

Dedicamos este livro à memória de Ganeshbhai Jogi, esposo amado da artista Tejubehan. A notícia de seu falecimento chegou quando este livro estava sendo terminado.

A história de Teju e Ganeshbhai

Nascidos no Rajastão e para a música, Ganesh – e Teju – pertenciam a uma comunidade que percorria as ruas cantando canções. Em troca, os cantores recebiam cereais, roupas e dinheiro. Como todas as antigas práticas originárias do sistema de castas, esta também se manteve como estilo, mas já não é uma profissão viável. Ganesh Jogi, como outros de sua comunidade, teve que escolher outro meio de sobrevivência. Por algum tempo, ele fez todos os trabalhos que lhe surgiram na frente, mas alguns anos foram mais duros do que outros. Sua sorte mudou quando encontrou em Ahmedabad o notável artista Haku Shah, que o estimulou a desenhar. Com seu modo generoso e incomum, Ganesh incentivou o talento de Teju, sem dar importância ao que a comunidade considerava adequado às mulheres.

Em *Desenhando na cidade*, Teju desenha sua trajetória de artista, tão entrelaçada com a de Ganesh. Trata-se ao mesmo tempo de uma celebração e de um tributo à memória dele, à arte que esse casal delicado e amoroso exercia em comum. Esperamos que o livro permaneça com Teju, como lembrete do que ela ainda poderá fazer.

Esta obra foi publicada originalmente em tâmil e traduzida para o inglês com o título
DRAWING FROM THE CITY
por Tara Books
Arte: Tejubehan
Design: Nia Murphy
Produção: C. Arumugam

1ª edição 2013

Tradução para o inglês V. Geetha
Tradução para o português Monica Stahel
Acompanhamento editorial Luzia Aparecida dos Santos
Revisões gráficas Luzia Aparecida dos Santos, Márcia Leme
Edição de arte Katia Harumi Terasaka
Paginação Moacir Katsumi Matsusaki

Dados Internacionais de Catalogação na Publicação (CIP)
(Câmara Brasileira do Livro, SP, Brasil)

Tejubehan
Desenhando na cidade / Tejubehan ; [tradução para o português: Monica Stahel]. – 1. ed. – São Paulo : Editora WMF Martins Fontes, 2013.

Título original: Drawing from the city.
ISBN 978-85-7827-730-7

1. Contos – Literatura juvenil I. Título.

13-08247 CDD-028.5

Índices para catálogo sistemático:
1. Contos : Literatura juvenil 028.5

Impresso e encadernado em AMM Screens, Índia

Editora WMF Martins Fontes Ltda.
Rua Prof. Laerte Ramos de Carvalho, 133 01325-030 São Paulo SP Brasil
Tel. (11) 3293-8150 Fax (11) 3101-1042
e-mail: info@wmfmartinsfontes.com.br
http://www.wmfmartinsfontes.com.br